韓國名詩人

金素月詩選集

劉順福 編譯

金素月其人其詩

劉順福

韓國名詩人金素月，出生於一九〇三年北韓平安北道定州郭山。其本名為金廷湜，但大家都樂稱他素月；一九二三年畢業於漢城（今稱首爾）培才高等普通學校，翌年赴日本東京進入東京商科大學就讀，兩年後因故休學。據詩人的密友與老師金安洙先生稱，他之所以棄文學讀商校，主因是寫詩不能維持其生活。不幸地，他的祖父經商失敗，使他不得不放棄只差一年即將畢業的課程，返回韓國，留在漢城開始努力寫作。

據名作家金億先生曾說：「金素月是理性和智慧勝於感情的聰明人，因此自然而然地沒忘對事物很銳利的批評，他的性格很是剛直，故一旦發現別人的錯誤，就不寬恕。如以詩人的身分來看，沒有風流倜儻的調調。」不過，對詩人在詩壇的成就來說，其不移的功績是語言——其表現手法之一，就當時（日據時代）而言，大家皆趨用外國語式的語言，而不慣用韓語的時代，然他卻不顧一切的艱難，使用純粹的韓語，並有活力地表現自己的詩意。或許從此一觀點而言，那時候任何一位詩人，都不及金素月。總之，當時能使用韓語，不可不為特異，而他的詩，其音調之美好與響調之周密細心，沒有一位詩人能及得上他。如果就詩的形式上，能區分為詩歌和民謠，則素月的詩係屬為民謠，但並非除民謠外即無其他詩歌之意，因此不知何故，他總不喜歡有人稱他為民謠詩人。事實上他的作品確有頗多民謠型的詩風，任何一個韓國人均已知，其有名的〈山有花〉、〈杜鵑花〉等，都是普遍受到喜愛的作品，故名作家朴鍾和先生說：「在無色的韓國詩壇上，只有素月詩。」還有在金素月的詩中出現的怨恨與孤獨，亦可謂反映出他的性格。大體上來看，他的好作品多在二十歲前後寫的。

曾於一九九〇年時，韓國文化部指定九月為金素月之月，並在九月初與韓國日報社聯合主辦和金素月相關的各項文化活動，如金素月歌曲之夜、與金素月有關之圖書展示會，以及出版金素月特選歌曲集，還有朗誦素月詩大會及演講會等活動。他的詩不僅在韓國中、小學國文課本內也有，而且已發行為歌詞、歌謠者有：〈山有花〉、

〈憶難忘〉、〈招魂〉、〈杜鵑花〉、〈媽媽呀！姊姊呀！〉等四十餘首。他所撰寫的詩，具有強烈的純粹民族意識和傳統思想，也可以稱他為愛國詩人，同時平易近人，為大眾所接受。

詩人逝世將近一世紀，然在韓國愛好素月詩的人有增無減，不論男女老幼皆喜歡朗誦他的詩，尤其青年男女學生更加喜愛他的詩，每個學生，起碼都能背誦一兩首，這一點是絕對無法否定的事實。在韓國現代詩壇上有舉足輕重而不可抹滅的價值，在韓國人的心目中，如情侶般，永續刻印著其名，只要韓國民族存在，只要大自然活著，就有素月的詩永久存在，而他美好的詩也如江水般，永遠永遠流著。可惜，卒於一九三五年，享年只有三十三歲。

愛與詠嘆，大韓民族的心聲

——讀劉順福《金素月詩選集》

林煥彰

在冷濕的寒夜裡，捧讀劉順福兄中譯大韓民國二十世紀初、著名愛國詩人金素月詩選，遙想百年前、那個年代的大韓民國，籠罩在日本殖民的冰雪悲風苦雨、鬱悶陰霾中，特別有份悲悽感與敬佩之意；詩人是民族的心靈，詩是時代的心聲。

金素月出生在一九〇三年、北韓平安道定州郭山；他寫詩，成長於二、三十年代，可惜英年早逝，得年僅三十三；他的詩，具有那時代的自然詩風；儘管有人認為他的詩，民謠調性多於詩歌特質。其實，民謠或詩歌，大都來自該民族當世代的心靈之聲，或許只是表現形式上有所不同而已，並不影響一位詩人對其作為詩人，愛他國家、民族、成長的母土，他的詩心是不受質疑的。讀金素月的詩，自然而然，必定會回到那個年代的時空，去貼近感受他心靈的脈動，甚至與他共沉緬、哀傷與詠嘆！

在韓國現代詩史上，一般認為金素月是屬於性格「剛直」的詩人；也正因為他性格有此特質，作為一位愛國詩人，他的詩，對時代的不平遭遇，自然會多一份悲愴的情懷，即使抒寫愛國、愛母土的情詩，也多隱含深刻、堅貞的悲情；透過順福兄簡潔的譯筆，細讀他的詩，處處都能讓人感到心動！這也是多數韓國詩學評論家稱：「素月的詩，具有強烈而純粹的民族意識和傳統思維，同時詩中也有怨恨與孤獨。」

在細讀金素月真情感人肺腑的詩篇之後，我禁不住要把很多段落抄錄下來；當然，在這樣的一篇短文，自然不允許我抄錄太多，但我總不想放棄我所深深喜愛、又被它感動的一些詩句，進一步細細玩味，也藉此和同好們分享，如：

聽！遠方，
春潮洶湧底呼喚，
水晶、玲瓏的九重宮闕，宮闕的玄妙，
龍女無息的輕舞與歌聲，春潮洶湧底呼喚，

苦悶的心靈深處……

——〈愛慕〉

片片粉碎的名字啊！
在虛空中消散的名字啊！
寧願呼喊中而死的名字啊！
心中彌留的一句，
終未說盡呢！

——〈招魂〉

縱使君子拂袖而去，
唉！忘不了！有十五年之情，
雪飄山頂，撒於綠野！
山鳥，

棲於赤楊樹上哀鳴，
往三水甲山之路是險峻。

——〈山〉

當君厭倦妾，
將要離去時——
妾甘願默默無言的相送，
寧邊的藥山上，
採集杜鵑花——
撒在君即將經過的道路上；

——〈杜鵑花〉

1.

畜牲不知有故鄉，

人們不能忘的是故鄉，
醒著時不曾想望，
但睡著時不知不覺夢見故鄉。
祖先遺骨所埋葬之地，
和牛犢相伴玩耍之地，
說不定就是那樣的緣故，
啊啊！在夢中，時常見到故鄉。

——〈故鄉〉

金素月的詩，在篇幅上，大多屬於短詩，或小詩，且多小而精巧；這裡也不妨完整抄錄幾首我所喜愛的詩，如〈雪片〉、〈紙鳶〉和〈雲〉：

〈雪片〉

皎白的雪，輕輕地被蹂踏的雪，

塵灰般飛翻而飄揚的雪花，
在寒風中飄散，火焰中燃溶的雪，
似妾的心，還是君的心？

〈紙鳶〉

暮垂十字路，映於夕陽中，
市井的初冬是孤寂的，
獨自倚門佇立，
白芽的葉子，似紙鳶般的昇起。

〈雲〉

若能乘坐於那片雲……
乘夜晚變為黝黑的那片雲，
我身軀想飛越到

九萬里那長遠的天空，
投進汝睡著的懷抱裏，
可惜的是，那是不可能成真，
伊哪！請聽著，
那片雲化成雨往汝處降下時，
請記住，夜晚我所流下的淚水。

我沒研究韓國現代詩，但我喜歡韓國這個國家，因為在韓國全州，我有敬愛的詩人兄長崔勝範教授；在釜山有很多好友，他們是詩人、兒童文學作家，包括宣勇、姜賢鎬、朴芝鉉、裴翊天、尹玉子，以及一位失聯二十多年的詩人金仁煥；在首爾，有前輩女詩人金良植老師，有很要好的翻譯家金泰成教授，有紅學專家崔溶澈教授，以及已故詩人畫家趙炳華教授、詩人學者許世旭教授、兒童文學理論家李在徹教授，還有活躍於兒童文學界的童話家蘇重愛、繪本作家李相教等。我喜歡韓國，常去韓國，還有一點重要原因；一九七九年，我第一次到漢城出席第二屆世界詩人大會，留下深刻印象：韓國重視詩人的文化傳統，處處可見設置詩碑；早年有韓國友人告訴我，在機場通關時，只要你向關員說明你是詩人，就能獲得特別禮遇；我曾試過，果然有用，我感到無上光榮。詩人能受到韓國人重視，我想肯定與韓國歷代詩人在歷史上所留下的、值得景仰的風範有關！現在讀二十世紀初韓國現代詩人金素月的詩，我又能從他詩作中獲得印證，詩人的詩心為何如此值得讚歎，絲毫不受時代向前邁進的影響，有必然的原因。

順福兄是我新近認識的老友，我倆同年，他胞弟順達也是位作家，我和他在二、三十年前就認識，因為同是文學愛好者；因此，和順福兄一見面，就成為老友。這回，我很高興能有機會捧讀他中譯韓國著名詩人金素月詩選集，所以樂於為他寫這篇讀後感，並感到很榮幸；希望讀者也能細讀這本書，進一步對韓國文學有多一份了解。

二〇一三年十二月三十日十四點十分研究苑

譯者序

台韓兩國傳統文化因受儒家思想的影響，彼此之間相似之處頗多，而雙方關係雖然尚可，但仍有賴於賢者出面建造雙方進一步的聯繫溝通友誼，始能加強睦鄰關係，其中除了政經之外，也包括雙方文學作品等之交流，可增進彼此間的瞭解與認識，亦能永續維持友好關係。

譯者基於此一想法，加以林煥彰詩人的支持與大力協助，同時譯者也有四十多年的韓譯中或中譯韓的經歷，因此鼓起勇氣大膽翻譯《韓國名詩人金素月詩選集》，以及韓國文學作品之長短篇小說等，目前除了本詩選集之出版外，譯成中文的有《愛情》（李光洙著）、《火花》（鮮于輝著）與《Anemone的Madame》（朱耀燮著）等小說。

一般韓人都喜歡金素月詩，也能背誦一兩首，可見有其獨特之處。多數韓人稱，素月的詩具有強烈而純粹的民族意識和傳統思惟，同時詩中也有怨恨與孤獨。大體上，他在年二十至三十歲前後所撰寫的作品，帶有被日本佔據下的韓人悲憤心情與悲愴情緒，又有被迫放棄溫暖可愛的故國故土，以個別或集體移遷到中國大陸時，那些韓人的離鄉背井的滋味，均在詩中有意或無意影射著，因此，今日的韓人皆稱素月為愛國詩人。

據翻譯專家稱，譯事三難，即「信、達、雅」，想達成此三項目標，實不易；中文屬為表意文字，有中文的語法，韓文屬為表音文字，也有韓文的結構，尤其韓文的尊待文法，以及助詞、接續詞和語尾變化，實是令人頭痛，若是照句直譯，必是不中不韓而詞不達意，相信必有稚弱與拙劣之處，尚祈讀者多加指正。

另外，本詩選集的附錄係譯者曾於一九六八年六月，以非賣品方式，個人自費出刊《韓國名詩人金素月詩選集》（當時僅收錄五十七篇）時，承蒙著名詩人鍾鼎文、文化大學創辦人張其昀、僑務委員會委員長高信、韓國駐華大使金信等先生所賜的序文，藉此特別註明，以利讀者酌參。

感謝林煥彰詩人與秀威資訊公司主任編輯黃姣潔小姐及秀威菁英們的費心，才有本詩選集的付梓問世，將成為台灣少見之韓國詩選集，冀望能以播植文學作品的種子，來結成台韓文化友誼的果實。另得文化大學韓文系系友徐光基先生的贊助，一併致謝。

劉順福於一〇二年十月

目次

附錄

金色草地

草地！
草地，
金色草地，
火般的綿延於深幽的山巒上，
逝世的君墓周圍的金色草地；
春天來了！春之暉來了，
柳樹的枝頭上亦有春息微揚；
春之暉來了！春天來了，
在深幽的山巒上，金色的草地上。

河畔

汝為何事，
那樣憂愁？
而孤寂地坐在河畔沉思，
當綠草，
微露青芽，
而平靜的水波在春風中盪漾時，
將要離去，
但絕非永遠離去，
似曾有過如此的承諾吧！
日復一日，

坐在河畔，
漠然地沉思些什麼？
將要離去，
但絕非永遠離去，
是否期盼永遠勿忘汝？

雪片

皎白的雪，輕輕地被蹂踏的雪，
塵灰般飛翻而飄搖的雪花，
在寒風中飄散，火焰中燃溶的雪，
似妾的心，還是君的心？

深深的約言

惡夢初醒而轉瞬側身時，
於春日來臨而旋花草萌芽時，
當經過俊俏的少年郎面前時，
似遺忘，連自己都無感底，
忽然想起曾誓過的「深深的約言」。

萬里之城

夜復一夜，
歷盡滄桑的整夜，
聳起又消毀的，
長巨的萬里之城。

愛慕

胡不歸，
月映窗前，
月下梅影昏搖紛散，
啊！閉目尋夢之舟吧！
聽！遠方，
春潮洶湧底呼喚，
水晶、玲瓏的九重宮闕，宮闕的玄妙，
龍女無息的輕舞與歌聲，春潮洶湧底呼喚，
苦悶的心靈深處……
在煥然的鏡中浮現春雲之處，

濛濛細雨，圍繞渾沌月，
如今胡不歸，胡不歸！

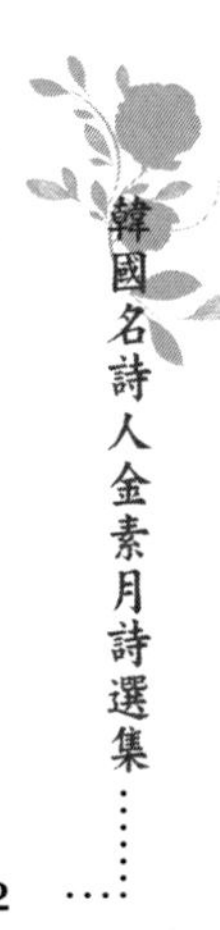

招魂

片片粉碎的名字啊！
在虛空中消散的名字啊！
呼喚而無回應的名字啊！
寧願呼喊中而死的名字啊！

心中彌留的一句，
終未說盡呢！
曾經愛過的人哪！
曾經愛過的人哪！

炙日已在西山上，
群鹿也悲傷地哭泣，

深遙隔斷的崗嶺上，
我呼喊著汝的名字啊！
悲傷地呼喚著，
悲傷地呼喚著，
然呼聲散散消逝，
啊！蒼天，后土，為何如此廣闊呢！
站在此處，雖化為一塊岩石，
但寧願呼喊中而亡的名字啊！
曾經愛過的人哪！
曾經愛過的人哪！

春與風

微風吹來了撩人春馨，
春馨帶來了微風，
細枝隨著春風顫抖，
恰如春風盪惑了妾的心，
當春風輕拂於渾身，
淚水滴於花酒之間。

山有花

滿山花兒盛開，
花兒綻放，
無分春夏秋，
花兒盛開，
在滿山上，
在滿山上，
灼爍的花兒，
卻在山那邊獨自盛開，
在山上鳴啾之小鳥，
歡喜綻放的花兒，

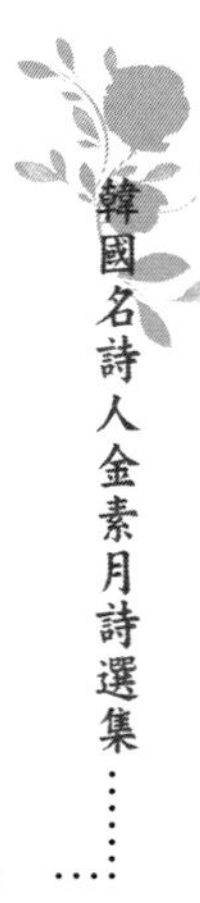

怡然情悅，
棲遲於山中，
滿山花兒凋謝，
花兒凋謝，
無分春夏秋，
花兒凋謝。

燕子（一）

以翩翩在天空的燕子之身，
亦有固定的窩巢歸去，
況且無容身者，
焉不感到惆悵呢？

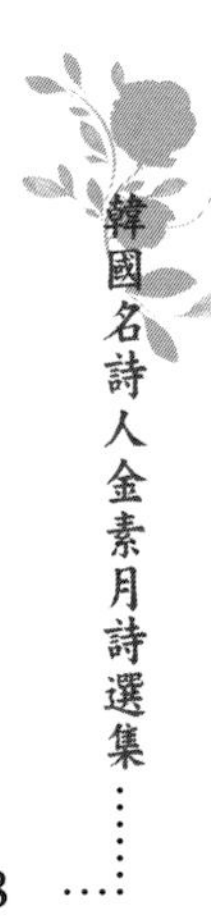

蟋蟀

山風霍霍，
寒雨淒淒，
君談人世甘苦之夜，
棧房的爐火已熄，
蟋蟀唧唧吟咏！

媽媽呀！姊姊呀！

媽媽呀！姊姊呀！住在江邊吧！
在前院有閃爍的金沙光，
後門有橡葉美妙的歌聲，
媽媽呀！姊姊呀！住在江邊吧！

樹芽

雖然是悲哀！

但，並非

無圓滿的春天，

因每枝樹梢上皆有萌芽！

山

山鳥，
棲於赤楊樹上哀鳴，
為何哀鳴？
為的是要渡越崇山峻嶺而哀鳴！
落雪，覆蓋大地，
今日行程已定，
一日七、八十里，
曾轉身倒行走六十里，
不歸，不歸，永不歸，
永不再歸於三水、甲山，

縱使君子拂袖而去，
唉！忘不了！有十五年之情，
雪飄山頂，撒於綠野！
山鳥，
棲於赤楊樹上哀鳴，
往三水、甲山之路是險峻。

註：三水與甲山係位於北韓咸鏡南道西北方之兩處地名。

路

昨晚整夜，
憩於客棧，
烏鴉通宵愁語不能眠！
今天，
又要走幾十里路，
擬往何處？
越山，
橫過田野，
天涯茫茫容身何處？
不用再說啦！

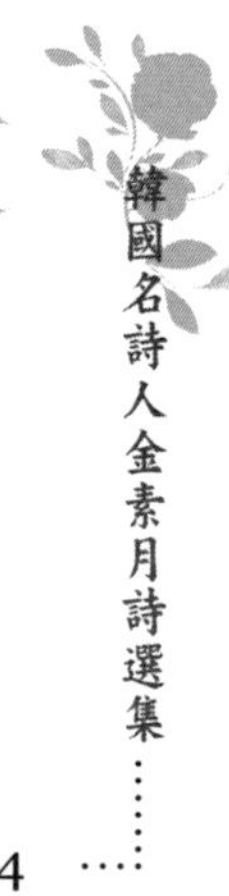

有我的歸處——定州、郭山，
也有車、有船，擁擠之地。
空中底——
雁子啊！
你是否能通行無阻？
空中底——
雁子啊！
告訴我——我正徬徨十字路。
縱橫交錯的路，
四通八達，
卻擠我於無路可投。

註：定州郭山係詩人金素月的故鄉。

螞蟻

杜鵑花盛開時，
微風吹在柳梢枝頭之際，
螞蟻——
細腰的螞蟻，
歷盡春天，今整日，
自始至終勤勉地建巢。

紫雲

片片多彩的紫雲，
天際漸次晴朗，
夜裏遺落之雪，
綻放於松叢梢頭，
燦爛奪目之朝旭，
雪，片片紛飛，
昨夜發生的事，
皆因眺望遠矚而忘懷，
啊！多彩多姿的紫雲呀！

樂天

現世生活如此，
心中得有所定妥；
現世生活如此，
如風掃落葉，落花歸土。

貓頭鷹

昨天，
後窗外，
由於梟鳥在嗚咽，
因此海上整片墨雲密布，
今兒至天黑亦不見陽光。

曾深信之誠心

曾深信之誠心！
余在荒涼之心裡，
對面遇來來往往的三兩友朋，
謂：「至今諸君皆成無用之物了！」

夜

孤寂的夢境深惆悵，
夜幕低垂時，更加懷念，
深深的如此，
似乎連容貌都忘了，
落日西沉，夜幕低垂，
此有名之地、仁川濟物浦，
長夜裡細雨濛濛，
冷峭的海風，
只靜靜地臥床傾聽，
只靜靜地臥床傾聽，

就是被推進來皓白之春湖，
將阻擋眼前而哭泣罷了。

註：仁川濟物浦係地名。

希望

夕陽餘暉落雪紛紛，
來到陌生的江邊時，
深山中梟鳥在哀鳴，
雪片在踐踏著落葉，
啊！此肅殺之景象，
將獲智慧的眼淚時，
今應悟者已悟出，但……
此人世之一切事，
只不過是亮麗，
而有猜測的影像，

秋夜帶著萬花的芳香，
散亂移動的樹影，
風雨卻在落葉上哭泣。

想見的心思

夕陽西下行路模糊之際，
那遙遠的山上至夜而消逝了浮雲，
為何有想見的心思，
別後的伊人不會歸來的！
那為何步趨迎接何人呢？
夜空月見時野雁哭泣。

生與死

生死之言何有別？
人活到老方休，
若是，似曾有其事，
那何必，妾又何為，
今也佇立在山崗上流著淚！

吾家

佇立在田野突兀的山坡上，
廣闊的海邊後面，
余將築成——吾家，
又將大街並列在緊鄰門前，
橫越街道的那些人，
各自獨行的街道，
白浪飛騰的沙灘上夕陽西斜時，
余將佇立在門前等候，
黎明鳥語時，地上開始有了影像，
大地發光且靜寂地，

來臨的旭陽是閃爍無垠的，
矚目著每位橫越的路客，
是否有汝……是否有汝……

杜鵑花

當君厭倦妾，
將要離去時——
妾甘願默默無言的相送，
寧邊的藥山上，
採集杜鵑花——
撒在君即將經過的道路上；

且請一步一步地，
輕輕地踐踏著花枝，
從那道路上走過去！

當君厭倦妾，
將要離去時——
妾寧死，也不流淚。

註：寧邊藥山係地名。

將來

將來君欲尋時，
那時妾會說「已經忘了」，
若君有責怪之言，
則「非常思念中忘了」，
然君仍猶有責難之言，
則「不能信賴中忘了」，
今日或昨日未忘，
但將來那時「已經忘了」。

月色

月光皎白，蟋蟀唧唧時，
思懷著，
曾默默無言地倚君佇候之夜，
啊！今夜能否尋攜汝同赴漢城？

註：漢城係韓國首都，改名為首爾。

紅潮

風浪漂流的紅潮激盪，
那紅潮浪濤來臨之際，
余佇立在那涼風中，
穿著青雲般的衣彩，
將火紅的旭陽抱在懷中，
余欲與那紅潮遊玩，與那紅潮——

紙鳶

暮垂十字路，映於夕陽中，
市井的初冬是孤寂的，
獨自倚門佇立，
白芽的葉子，似紙鳶般的昇起。

夫婦

啊！渾家！余之愛！
天作之合的一雙，
理應互信互賴中生活，
猶是那樣，或許非那樣，
奇妙與莫名是人之常情，
那是真還是假，余不知？
單為情份上結合的一雙，
必有同工異曲之處，
人生只不過半百，
恬澹的此人生中，

緣分的長紅線那是什麼？
余要言，不管如何，
死後亦埋葬於同處。

郎君的歌

懷念郎君清澈的歌聲，
永留存於妾的心坎裡，
長日佇立於門外傾聽，
懷念郎君幽美的歌聲，
日落暮色逼近時，依然繚繞於耳邊，
夜深人靜時，依然繚繞於耳邊，
在靜靜中遙傳來的歌聲，
使妾的睡眠能及時沉睡著，
在孤寂的寢席上獨自躺著，
但妾仍可舒適地沉睡著，

然睡醒時郎君的歌聲，
渾然全盤記不得了，
郎君的歌聽得愈多，
愈是忘得一乾二淨。

父母

樹葉簌簌地掉落時，
冬天的漫長夜，
坐在母親身旁，
傾聽昔日故事，
余何為偶然來世，
聽著此一故事？
問亦甭問了，明後日，
余將為人父母時自然就明白。

旅愁（二）

啊！今也懷念的海，
想眺望就辛酸呢！
一點細軟的那昔日情懷，
而汝粉潔似的玉手，
較白楊樹更加以痛楚之感，
圍繞於余身軀猛刺吧！
吾土吾鄉的海上旭日東昇。

江村

夕陽西下玉兔東昇，
清白的水嘩嘩的流著……
金沙閃閃發光著……
牽著青驢走的郎君！
此處就是江村，
在江村裏獨我自居。
總而言之，吾亦吾亦
末春的今日即將過盡了，
百年妻眷流淚而去，
吾是無前程可言之秀才，
汝為江村中獨居的身軀。

夜之滴雨

何處是歸程！余的處身喲！
余的身世憐惜如水上萍浮。
迴旋於險峻的山漠地，
越流於硬礁而橫溢。
然仍是無法解脫之路，
憐憫的悲傷只壓在心頭。
那或許余亦似夜的滴雨，
那樣地飄泊無定呢。

思念家園

站在山崗，
俯視蔚藍的海，
在四周八方的遼闊滄波中，
唯客輪漂流著……而離去。
名山大剎在何處呢？
於香案、香楊等托盤之中，
夕陽往西山沉入，
四周八方洶湧的波濤聲。
「青春如花般的今日，
以衣錦來還故鄉吧！」

唯客輪漂流著……而離去，
在四周八方中，吾往何處。
雌雛亦在山中有歸宿之窩巢，
然來到他鄉萬里的吾，
只有眺望遠山而悲泣，
淚水亦涔涔在眼前。
將下至田野，
要仰望之，
日月浮越照光的山崗上，
唯有白雲疊疊地飄遊而去。

天垠

忽然，
離家往山頂爬上，
俯視海的吾身世啊！
輪船離遠消逝於天垠。

心有靈犀之日

宜來之日，
而不來的人，
似有來般，
心有靈犀之日，
不知不覺將至夕陽西下夜幕低垂。

從前尚未知覺

不分春秋每夜升起的明月，
「從前尚未知覺。」
會如此地刻骨銘心的懷念，
「從前尚未知覺。」
皓月明亮在當空令仰望，
「從前尚未知覺。」
至今此月兒成為傷感情懷，
「從前尚未知覺。」

海

澎湃又洶湧的白浪濤，
生長紅草的海在何處！
漁夫群坐在船的舺板上，
高唱情歌的海在何處！
染好亮麗的藍色天空上，
晚霞暮垂的海在何處！
無定所盤旋於空中的老水鳥，
群排飛趕的海在何處！
越離對岸的那邊就是他國，
思念歸赴的海在何處！

他國之地

回首環顧的鐵橋，
迷迷糊糊跳跨佇立，
喘氣急匆中踏入於他國之地。

開花燭之夜

開花燭之夜，將遇於小屋舍內，
依舊是年輕不懂之身，不過他們
「皆具有如日月般的明亮之心」，
然而他們不懂，互愛是非僅於一兩次。
開花燭之夜，將遇於昏暗之窗下，
依舊是不知前程之身，不過他們
「皆具有如松竹般堅韌之心」，
然而他們不懂，世間有無數流淚之事。

機會

曾於江上設有大橋哉！
不經越過尚猶豫之際，
「污穢」的洶湧波浪在剎那間，
塌垮橋架而流下去了。
先越過對岸的汝，那樣招喚快過來的手勢時，
為何不盡快越過橋呢！
奈何汝我被分離為彼此之岸，
只能時常望穿對岸哭泣而已。

行路

想說清思念，
因而，
使更加懷念，
想默默無言離去，
然而，
還想再一次……
在遠山與田野間的烏鴉，
以吱吱喳喳啼叫，
來告知日落西山。
在前河後溪，

流著的水，
似有意跟來跟去般，
流著還是連續流著。

難忘

難忘而會想念吧！
湊合地度過一生吧！
度日中終有遺忘之日！
難忘而會想念吧！
糊塗地讓歲月流逝吧！
雖難忘然終有一些忘掉，
然而又盡如人意，
「思念而殷殷難忘，
但如何使消離想念呢！」

夢（二）

據了解連雞狗等之禽獸
亦有做夢之語嗎？
確有此說，春日是做夢時辰，
然在我身亦有夢可做呢！
啊啊！我的一輩夢想，
我懷念的夢，懷念的夢。

夕陽山脊下

當夕陽於山脊下時，
對我言因汝之故夜幕低垂，
當旭日於山脊上東昇時，
對我言因汝之故朝光晨亮，
地陷落，天塌下來，
對我言卻因汝之故仍舊存在，
重申，我的此心屆時
如影子般將前往汝身邊，
喔喔！汝曾是我所愛的愛人。

情人與朋友

從難過中知悉朋友的可愛，
從相愛中知悉情人的歡喜，
在草莓花盛開漂聞芳香時，
在紅辣椒的果實成熟之夜，
汝歌唱吧！我要開懷飲酒。

做夢的昔日

在外面雪花片片，落雪紛飛，
窗外靜悄悄地照進月光，
乘虛暗而進入的那女子，
盼擁抱在我夢裡的懷中。
我的枕頭全被淚水濕透了，
終於那女子歸去了呢！
在寂靜的拂曉僅有一顆星影，
窺視著窗隙。

夢見伊之夜

半夜，
淡紅的火光模糊地射，
似聽似聽不見的腳步聲，
將消散的腳步聲，
獨自致力輾轉反側，
已失去的睡意難以成眠，
半夜，
淡紅的火光模糊地螢照。

父母

勿言貧富與否，
卻有好死不如賴活之言，
並非不能死則賴活，
而是今有十四歲的兒女，
使君福的老爸不能走絕路。

註：君福係某一個人的名字。

曾遺落之心

離家赴遠的異地，
孤淒漂浮的我之心事！
春風花開之時，
為何汝又回來呢！
忘我者又怎麼不忘汝，
焉何舊夢亦同步重溫，
無濟於事的悲哀在心中起落。

兩個人

皎白的雪一片，
又一片，
覆蓋嶺之山麓時，
草鞋上綁緊腳布，並背好行李，
聳然站起來轉身而去……
然再次又看見，
再次又看見。

雲

若能乘坐於那片雲……
騎乘夜晚變為黝黑的那片雲，
我身軀想飛越到
九萬里那長遠的天空，
投進汝睡著的懷抱裏，
可惜的是，那是不可能成真，
伊哪！請聽著，
那片雲化成雨往汝處降下時，
請記住，夜晚我所流下的淚水。

香煙

與我的長嘆成為朋友者，
難忘想起著我的香煙，
據有人說是，
遺忘來歷的昔日時節，
來世不久往生的，
夭折姑娘墳墓上的野草。
迷濛消匿於眼前的縷絲，
只是燃熾無蹤的火花，
啊！我痛苦不堪之心境，

我那癡呆孤寂的多數日，
與其一同消散吧！

記憶

雖說來了但了無痕跡，
把迷濛的夢抱在懷中，
稚氣般地靠在大門外，
望觀著飄去的白雲。
雖仰視著天垠，
但一望無邊仍無夢路，
飄忽不定的雲飄走了，
惟天空卻依舊在原處。
若原根未亡而仍活著，
若此心未亡而仍活著，

則在碎石田中能長出青草般，
記憶的荊棘田中亦能出現夢境。

懷念

春息尚未盡，此花尚未凋零，
為思念伊而東起的旭日尚未沉落之前，
薄鬆的白霧縫隙中風顯得重，
通宵的月兒落於向陽地，如同昨日，
無依無靠的心，何時重逢我所懷念的伊，
啼鳥再次嗚咽時，一起聆聽吧！

小溪之歌

若你生來就是風，那麼
在月兒昇起的小溪曠野中，
向我的衣襟前吹拂吧！
若我倆生來就是土鼈，那麼
下雨的傍晚，在墨黑的嶺麓上，
可否做一個不成熟的夢呢？
如你生來就是海灘末端
崖絕壁上的一顆石頭，那麼
我倆可否抱著它滾落呢！
如我變身為火之鬼，那麼火鬼

乘夜進入你的心中燃燒，
我倆便同成灰燼，就此消失吧！

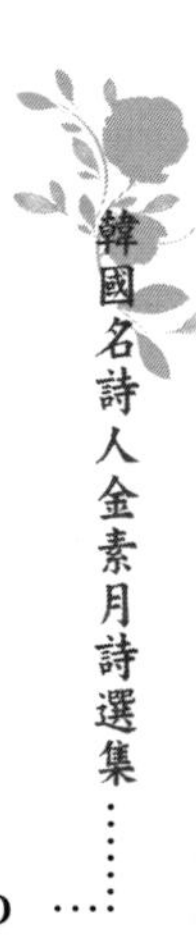

鴛鴦枕

咯吱吱咬著牙
而尋死吧！
窗前月光
照射搖晃之影。
眼淚是蜷睡的
肘枕，
野雞無春眠
夜來啼哭。
雙枕頭
為何不見，

曾在雙人共眠的枕頭邊言：
那「生死與共」的誓約？
在春蔓的山麓上
啼咽的梟鳥，
亦是我愛，是我的愛
好好地哭吧……
雙枕頭
為何不見，
窗前月光
照射搖晃之影。

棘槐樹

山上亦有棘槐樹荊棘叢，
一叢一叢綿延至山脊上，
欲登山卻不能前往，
正因有馬、有家的吾身，
單身薄衣角於上路後，
一夜間被淋濕了二、三次。
田野亦有棘槐樹荊棘叢，
一叢一叢綿延至田垠。

心情轉換

汗、汗，在夏日陽光下流汗
舉著薅鋤，在壟溝除草時，
不知從何處傳來雲雀啼聲，
看見了、看見了遼闊的天空。
愛、愛，被愛所拒的伊，
是否過來、是否要來呢？短夜中頗焦急之際，
所踏站的橋下正流著河水，
被河水照耀的晨光瀰漫、瀰漫。

飄雪的傍晚

風靜靜的傍晚，
白雪紛飛滿地，
你正在做什麼呢？
在今年，同樣的傍晚……
若做一個夢，
可否在睡夢中重逢呢？
遺忘的那個人
乘著白雪而來呢！
傍晚時，白雪紛飛滿地。

悲傷塊

跪拜呈香爐的香火，
我胸中有一個小小的悲傷塊，
在初五月兒蔭庇下，雨水涕泣，
我胸中有一個小小的悲傷塊。

無心

出嫁已三年，
恰逢春日，
來到荒蕪廣闊的田野。

據聞，在荒蕪廣闊田野所開的花，
將會凋謝，亦又能盛開。
在無信息中，癡等了
二載、三年。
前有直流的江水，
從去年春才轉變彎曲的水道，

當然，那小溪的水色，
依舊是淺藍色。
出嫁已三年，
隨時
破堤下的小溪淺水，
在荒蕪廣闊的田野裡流著。

杜鵑鳥

布穀！
布穀！
小兄弟鳥也叫布穀。
住在津頭江大河邊的姊姊，
來到津頭江前村
哭泣。

昔日，遠居在
我國後方
津頭江大河邊的姊姊，
因繼母的驅迫而死去了。

喚一聲姊姊吧！
噢噢可憐！
被驅迫而走投無路的吾姊，
身亡後變為杜鵑鳥。
捨不得留下的九個小弟妹，
死都不能忘，無法割捨，
深夜三更，夜闌人靜時，
奔馳此山、彼山，而傷心底哭泣。

陳顏

深思的盡頭使人睏乏，
懷念的盡頭使人易忘，
你啊！勿言，從之後，
我倆無覺陳顏的悲哀。

水路變為桑田

無法抑壓我這種悲痛，
在暮春傍晚，凋落的花瓣；
凋落的花瓣嘩啦地飄散，
自古至今相傳的說詞，
不就是滄海桑田！
當然，正值青春亮麗時，
曾有的一切不入眼，
再次又疏離無感，
看哪！你啊！不難過嗎？
春之三月，天遲暮日，

如紅血般傾湧而凋落的，
在那些花瓣叢中，那些花瓣叢中。

千里萬里

拚命掙扎的心，陷於無力抑止，
如同千里萬里，
遠颺的心情，
在一線飛矢般伸直的大道，
勇往直前奔走時，
在著火的山上，在著火的山上，
冒煙一兩股飛翔。

燕子（二）

今晨破曉之時，
燕子哭哭啼啼地動身，
往炎炎江南國而去。
似走好般，
在黎明輕飄飄吹著的
那樣的風中就離去了。

牠是拜別雙親，
眺望離去故鄉
天空的燕子，

因為是路邊流浪之身，
所以牠朝向拂曉時輕飄飄吹著的
風的方向而離去了。

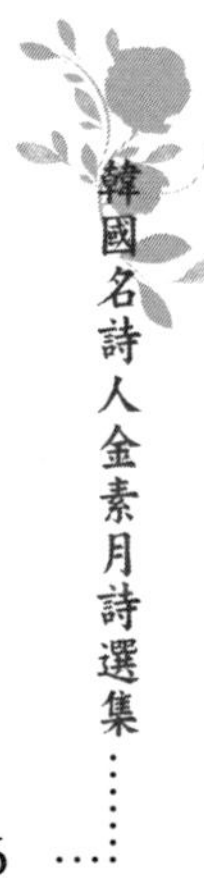

迎月

正月元宵節迎月，
迎月、賞月去吧！
換穿新的新衣，
然胸中仍有陳舊的悲哀。
迎月、賞月去吧！
左鄰右舍皆去迎月。
在山頂上面昇起月兒時，
左鄰右舍皆將歸去吧！
昏星三顆星落下時，
迎月、賞月去吧！

先赴老友墳墓邊，
在正月元宵節迎月吧！

旅愁（一）

六月昏暗時的雨腳，
如同捆立暗黃色的屍骨般，
浮浮沉沉漂流的破木板，
飄泊無定，丹青的紅門。

夢（一）

夢？是靈的海盜，
哭吧！我的愛，花謝的春暮。

跳板

城村的姑娘
跳跳板，
是初八之日
得跳跳板，
風吹著，
風吹著，
牆裡有垂楊的柳樹
勿層層綁上彩色繩。
牆外有楊柳垂下的樹枝，
下垂的柳枝，

噢噢　姊姊！
顫動而下垂，使蔭影深濃。
春天好！
身體費勁，
跳跳板的城村姑娘，
跳板是愛的習俗。

春香與李公子

平壤的大同江
是我國
指定最美的大河，
三千里路遠的中間
高聳的三角山
往上挺立呢！
說得好，我的姊姊，噢噢、我的姊姊，
崇拜我國的昔日，
曾有活生生的春香與李公子。
這邊是咸陽，

那邊是潭陽，
在夢中時常越山，
尋烏鵲橋而去。
說的好，我的姊姊啊！噢噢，我的姊姊，
日出月圓的南原之地，
住著一位成春香小姐。

註：春香係一藝妓，在朝鮮李朝時代，貴族李公子與春香談情說愛的故事人物。
註：平壤、咸陽、潭陽、南原係均為地名。

漢城之夜

紅燈、
綠燈，
寬廣的街道閃著綠燈，
死胡同則有紅燈，
電燈閃閃發光。
電燈是網子，
電燈再次幽暗，
電燈守護著死寂沉沉的長夜。
不知我心中何處，
暗與明皆存在，

紅燈嗚嗚咽咽底哭，
綠燈嗚嗚咽咽底哭。
紅燈、
綠燈，
無垠的夜空烏黑黑，
無垠的夜空烏黑黑。
眾說漢城之街亮麗，
眾說漢城之夜亮麗，
紅燈、
綠燈，
不知我心中何處，
有綠燈縛住了孤寂，
有紅燈縛住了孤寂。

嚴肅

我獨自佇立於墓上，
那升起而散開的朝旭，
使綠草也閃爍，
風吹若喁喁私語，
然而，
啊啊……我受傷的心情，
心情反而是刺痛而靜靜驚悸著，
又一次，再一度，
我完全體會到人生的嚴肅。

毀壞之身

做夢哭醒而起，
走進
庭園裡。
庭園下著毛毛雨，
青蛙哇哇地哭，
野草蔭底暗黑，
背著手望地猶豫時，
不知誰在螢火蟲聚會的樹森中，
唱著「我走了，好好度日吧！」

展望

灰濛濛的天空，尚未天亮時，
透光凹陷雪層層堆上的黎明，
那南邊河上
奇異的雲層層浮升。
村里的孩兒
成群結隊上學堂，
生活在婆家的年輕媳婦們，
來往於通向水井的路。
在蕭索的欄杆邊躑躅，
於我思索時來臨的早晨，

將我狹小之心底側旁一個影子移住，
只成了潸然的熱淚。
肩膀背著獵槍的狩鹿人，
半白的頭髮被大風吹著，
奔跑一下子就可到達呢！
白雪覆蓋著遍野的早晨。

富貴功名

舉起鏡子望自己的臉，
而為何未及時預知呢！
因為人們生活在無感
年老即將亡去之日，
喔喔這事千真萬確呢！
然而我的一生在何處？
從此擱下的大好時光，
重新來到我身上，
較前更加，較前更加持吧！
明知活著卻在無感中生活，

但舉起鏡子望自己的臉，
而為何未及時預知呢！

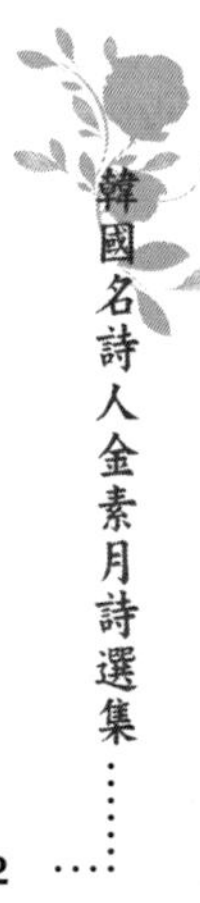

野遊

野花
盛開
而飄散，
野草
高聳於田野平地，滿地生長，
蛇蛻去的舊皮
被大風吹飄四散，
看哪！到處都是
閃閃發光活躍的生命，
展開雙翅飛旋，

老鷹高空飛翔，
正是由我身
中途再次作息，
我那氣喘喘的胸口，
將藏滿快樂而一直溢出吧！
步伐重新又往前……

改嫁

孤家寡人的那女子，
近日來將要改嫁呢！
當然，她的男人已永眠，
孤寡一人度日十載後直到如今……
眾人皆大歡喜地過活呢！

無信

我知道你會回首問：
「什麼是無心呢？」
但有何用，如今
所誓之約有如流水般，
那是以吾等眼光無法立即見到的
流逝消失的心呢！
暗黑的雲在山腳磨蹭，
憐憫地哭泣的山鹿，
似往我的懷抱裡投入般，
然漲潮勢猛而夜已深，

拋錨的原位已無痕跡，
市井的買賣可以賒帳方式交易。

圍裙

春去日暮，
花謝春暮，
凋落的花空虛地哭泣，
空虛地感受逝去的春，
握緊花凋葉落的枯枝，
而瘋狂哭泣的出嫁女，
夕陽全沒的春暮，
以淚水透徹地擰擠、
纏於腰間的圍裙，

凋落的花空虛地哭泣，
空虛地感受逝去的春。

故鄉

1

畜生不知有故鄉，
人們不能忘的是故鄉，
醒著時不曾想望，
但睡著時不知不覺夢見故鄉。
祖先遺骨所埋葬之地，
和牛犢相伴玩耍之地，
說不定就是那樣的緣故，
啊啊！在夢中，時常見到故鄉。

2

春之來，處處是山鳥語聲，
杜鵑花的花草亦齊放，
秋之來，在山谷染變了楓葉，
在湧出來的泉水上漂流。
眺望之時，有藍天、海水及
一串串互相連結往前的，
一群忙於捕撈的漁船帆影，
似傳來嗨唷、嗨唷的聲音。

3

流浪之身，
因故鄉之故，

憶念雙親弟妹們！
只能在夢中常拜見。
心中有故鄉嗎？
是心中有故鄉，
我的魂魄在故鄉嗎？
在故鄉，有我的魂魄。

4

在波浪上漂流的浮萍莖，
無暇抓住駐地，
終有一日歸去原駐地，
苦衷的海啊！世間的人哪！
歸去吧！
已忘故鄉之人們，

說故鄉拋棄我的人們，
往生後勿徘徊天涯一方，
若有魂魄，還是回故鄉吧！

附

錄

人之相知，貴相知心

大韓民國是世界上一個最了不起的民族。自箕子開國，迄年三千年，依然是一個朝氣洋溢，愛自由、愛獨立、愛和平的偉大民族。

大韓民族和中華民族，由於歷史上、地理上種種關係，真可說是兄弟之邦。現在同為討共統一，復興故國而努力奮鬥，共患難、同命運，更有一種至高無上的國際友誼。

話雖如此說，至少我們中華民族對於大韓民族了解實在太不夠了。不說別的，連兩國語文能口譯和筆譯的人才，目下都非常稀少呢。台灣大學裡設有韓文組的，還只有兩所，設有韓國研究所的，還只有中國文化學院一所，而且還在發韌伊始。

人之相知，貴相知心，民族之間也是如此。要了解一個民族，必須了解其文化，尤須了解其文學。但學習另一民族的語文，不是人人可以做到的事，賴有文學的譯本，可以作為溝通民族心聲的橋樑。古人云：「海內存知己，天涯若比鄰。」中韓兩大民族間知己之感，必自相互誦習詩歌、散文、小說、戲劇之類，而油然興起。文化交流，此其起點。因此，我對於韓國名詩人金素月詩選集劉順福譯本的出版，特別要道出非常歡迎的心情，並矚望其有更多的貢獻。

陽明山中國文化學院董事長張其昀

民國五十七年三月於華岡

引自民國五十七年出刊之《韓國名詩人金素月詩選集》

韓中心聲的交流

——序劉譯金素月詩選集

詩是人的心聲，也是人的最誠摯的感情的流露。金素月是韓國青年最敬仰的詩人之一。如同英國的詩人雪萊、拜倫和濟慈一樣。素月死於朝氣洋溢，才華初露的時代，但是三十三年的歲月中，他已為韓國的詩壇留下了一些不朽的作品。素月的詩篇寫出了大韓民族在爭取獨立和自由的奮鬥中，不折不撓的志節，和隱藏剛毅於柔和的氣質；字裡行間充滿了奔放和悲愴的氣氛，反映了他的時代之背景。

人與人之間相交貴在知心，民族間的關係亦復如是。父親為旅韓華僑，母親為韓人的劉順福君，今將素月的詩譯為中文，介紹於中國讀者之前，在韓中文化交流日趨密切的今天，是一件極有意義的貢獻。我希望這一好的開始，能使兩國在心聲的交流之中導致更佳的了解與認識，使韓中兩大民族永為兄弟手足一樣，互敬互愛，為亞洲人民的團結作一個好的榜樣，為亞洲地區的和平與安定奠定一個穩固的基礎。

韓駐華大使金信

中華民國五十七年三月

引自民國五十七年出刊之《韓國名詩人金素月詩選集》

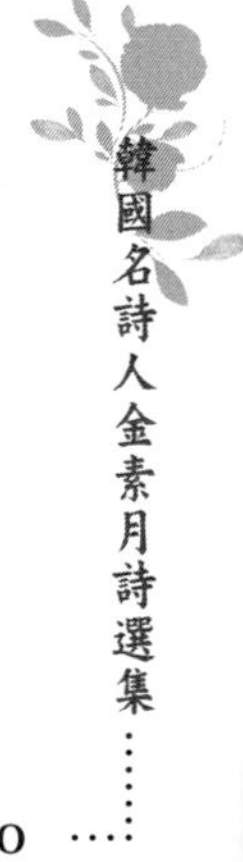

金素月詩選集譯本序

——研究韓國文學及中韓文化交流的端倪

海外各地回國升學之僑生，在各種學問中其造詣深湛者不乏其人，今讀劉順福君中譯金素月詩選集，獲知劉君中韓文學之造詣已深。多年來政府鼓勵僑生回國升學之績效，於此亦可見。

我不習韓文，金詩原文我自不解，但從劉君譯述中，欣賞金詩的「溫柔敦厚」，實與我國詩歌之韻味，若合符節。

人類為何會有詩歌的產生？詩大序說：「情動於中，而形之於言；言之不足，故嗟嘆之；嗟嘆之不足，故咏歌之；咏歌之不足，不知手之舞之，足之蹈之。」這已說明了詩歌以至舞蹈的產生之心理原因。

我國第一部詩歌總集《詩經》，收集了五百年間（西元前一千一百二十二年至五百七十年）民間的、朝堂的詩歌，經過孔子的整理，蔚然成為文學領域中詩歌的鼻祖。在西洋文學史裡，比我詩經早期作品稍後百餘年者，有基督教舊約中的「雅歌」，亦為人傳誦，至今不衰。惟我國自詩經以後，二千五百餘年來，詩的體裁，迭有演進，至唐而諸體大備。入民國後，更有「新詩」出現，其發為嗟嘆咏歌，表露人類的心聲，更為通俗而易為一般人所了解。

韓國的詩史，我無所知，今見劉君所述金素月之為人所重，韓國青年男女，每能背誦金詩若干，可見友邦人士推崇詩人，儼然我國詩壇之宗仰李杜。金詩集中多屬去國懷鄉，傷時感事之作，彼當時在日本軍閥統治下，抑鬱不伸，無怪其然。而其表露兒女情懷，亦極委婉悱惻，堪稱佳著。是書問世，不僅為我詩界另開一洞天，且可藉以為研究韓國文學及中韓文化交流的端倪。我固欣見劉君之力學深思，藝文有成，更為中韓兄弟之邦文化前程而祝禱無量！

僑務委員會委員長高信

中華民國五十七年四月序於台北市

引自民國五十七年出刊之《韓國名詩人金素月詩選集》

素月的清輝

——序劉譯金素月詩選集

東亞的兄弟之邦——中華民國與大韓民國，在地理上唇齒相依，在歷史上守望相助，而在今日，更是攜手合作，併肩作戰、同甘苦、共患難的伙伴。加強中韓之間的文化交流，增進中韓之間的傳統友誼，實為中韓兩國有識之士共同一致的要求。然而，無可諱言的，韓國人士對於中國文化的瞭解，顯然比中國人士對於韓國文化的瞭解，要淵博得多，深刻得多。我有幾位韓國朋友，如許宇成先生、尹永春先生、許世旭先生……他們在中國語文以及中國文化史上的湛深造詣，實在很難找出研究韓國語文和韓國文史的中國學人，可以與之比擬。前（五十五）年二月間，我曾訪問韓國；有一天，韓國政府公報部（相當我國行政院新聞局）長在華克山莊舉行盛大的歡迎宴會，韓國新聞界的權威元老、發行量佔第一位的東亞日報社長高在旭先生即席致詞，便提到中韓文化交流的不平衡問題。他指出一項事實：韓國人懂得中國語文，研究中國文化的很多，韓國學生到中國留學的也很多，中國人懂得韓國語文、研究韓國文化的卻很少，中國學生到韓國留學的也很少。言下之意，對此頗表遺憾。恰巧我的長子是中國文化學院東方語文學系韓文組的學生，我本來對他學韓文不很滿意，但聽到高在旭先生的一席話，我們覺得我的長子學韓文是應該的，甚且，我願以他為榮。當我告訴高在旭先生，我的長子是學韓文的，並且準備前來韓國留學；他聽了非常高興，當即表示：如果我的長子來到韓國，他願意加以照顧。

劉順福君是我長子的同學，也是中國文化學院東方語文學系韓文組的學生。他是韓華僑胞的子弟，母親是韓籍，自幼接受韓國教育，由小學而初中，而高中，到高中二年級以後才來到臺灣，接受祖國教育，所以他的韓文根基很好。加以他來臺後，由於家庭接濟困難，從高中，到大學，都是過著相當艱難的苦讀生涯，使得他更為發奮努力，學業進步得很快。近年來，他常於課餘致力於傳譯工作，將韓文譯成中文，換取微薄的稿費，維持他的苦讀生涯，同時也是訓練自己的傳譯能力，我對他的刻苦與奮鬥，極為同情，也深為欽佩！

不久前，他將他翻譯韓國名詩人金素月的詩選集，送給我看，並且希望我替他寫篇序文。我很樂意的接受這一份工作，原因是：我非常愛好韓國的詩，中韓兩國人民既是甘苦與共、休戚相關的，從韓國人心靈裡發出來的聲音，不正是我們應該諦聽的聲音嗎？除我們心靈的聲音之外，還有什麼比這個聲音更為親切的呢？而「素月詩」─韓國名詩人金素月的詩，更是被公認為最能代表韓國人心靈的聲音，他將大韓民族在苦難中所堅持的願望，在抑壓下所凝鍊的志節，加以淳化與美化，運用「比興」的象徵手法，發為婉約的詠歎，讀起來如泣如訴，具有令人迴腸盪氣的深刻的威染力。他那種「溫柔敦厚」的氣質，不正是我們東方詩人所共有的氣質嗎？由於劉君的翻譯，我讀到我夙所嚮往的「素月詩」，已是一項很大的享受，同時，由於劉君的囑託，能為「素月詩」的中譯本說幾句話，更是一份很大的光榮。

詩的翻譯，事實上便是詩的再創作；這是很艱難的作業。我不懂韓文，不敢說劉君的翻譯對於原作的「信」與「達」究竟達到如何程度，但僅從中文來看，似乎也不能說是十全十美的「雅」。然而，在中國人翻譯韓國文學作品如此稀少的情況下，誠所謂「物以稀為貴」；劉君的這一份努力，這一種嘗試，的確是可貴的。在臺灣，除前者有過韓國學生許世旭先生出版過一冊《韓國詩選》之外，尚未見到過有中國人介紹韓國的詩。這本「素月詩」的選譯，可能還是中國人翻譯韓國詩的第一本。為此，我很願意向我國愛好詩的人們介紹這部譯詩集，讓我們能夠諦聽到我們最親近的鄰人——大韓民國的心靈的聲音。

聯合報主筆鍾鼎文

民國五十七年三月於台北市

引自民國五十七年出刊之《韓國名詩人金素月詩選集》

讀詩人46　PG1142

韓國名詩人金素月詩選集

編 譯 者　　劉順福
責任編輯　　黃姣潔
圖文排版　　詹凱倫
封面設計　　陳怡捷

出版策劃　　釀出版
製作發行　　秀威資訊科技股份有限公司
114 台北市內湖區瑞光路76巷65號1樓
電話：+886-2-2796-3638　傳真：+886-2-2796-1377
服務信箱：service@showwe.com.tw
http://www.showwe.com.tw
郵政劃撥　　19563868　戶名：秀威資訊科技股份有限公司
展售門市　　國家書店【松江門市】
104 台北市中山區松江路209號1樓
電話：+886-2-2518-0207　傳真：+886-2-2518-0778
網路訂購　　秀威網路書店：http://www.bodbooks.com.tw
國家網路書店：http://www.govbooks.com.tw
法律顧問　　毛國樑　律師
總 經 銷　　聯合發行股份有限公司
231新北市新店區寶橋路235巷6弄6號4F
電話：+886-2-2917-8022　傳真：+886-2-2915-6275

出版日期　　2014年3月　BOD一版
定　　價　　190元

Printed in Taiwan

國家圖書館出版品預行編目

韓國名詩人金素月詩選集 / 劉順福編譯. -- 一版. -- 臺北市 : 釀出版, 2014. 03

面；　公分. -- (讀詩人 ; PG1142)

BOD版

ISBN 978-986-5696-00-9 (平裝)

862.516　　　　103002561

讀者回函卡

感謝您購買本書，為提升服務品質，請填妥以下資料，將讀者回函卡直接寄回或傳真本公司，收到您的寶貴意見後，我們會收藏記錄及檢討，謝謝！
如您需要了解本公司最新出版書目、購書優惠或企劃活動，歡迎您上網查詢或下載相關資料：http:// www.showwe.com.tw

您購買的書名：____________________

出生日期：_______年_______月_______日

學歷：□高中（含）以下　□大專　□研究所（含）以上

職業：□製造業　□金融業　□資訊業　□軍警　□傳播業　□自由業
□服務業　□公務員　□教職　□學生　□家管　□其它_____

購書地點：□網路書店　□實體書店　□書展　□郵購　□贈閱　□其他

您從何得知本書的消息？
□網路書店　□實體書店　□網路搜尋　□電子報　□書訊　□雜誌
□傳播媒體　□親友推薦　□網站推薦　□部落格　□其他_____

您對本書的評價：（請填代號　1.非常滿意　2.滿意　3.尚可　4.再改進）
封面設計____　版面編排____　內容____　文／譯筆____　價格____

讀完書後您覺得：
□很有收穫　□有收穫　□收穫不多　□沒收穫

對我們的建議：____________________

____

____

____

請貼
郵票

11466
台北市內湖區瑞光路 76 巷 65 號 1 樓
秀威資訊科技股份有限公司 收
BOD 數位出版事業部

....

（請沿線對折寄回，謝謝！）

姓　　名：____________　年齡：______　性別：□女　□男

郵遞區號：□□□□□

地　　址：________________________

聯絡電話：(日)____________ (夜)____________

E-mail：________________________